Primera edición: mayo 1984
Vigésima tercera edición: octubre 2006

Dirección editorial: Elsa Aguiar

Impresores, 15
Urbanización Prado del Espino
28660 Boadilla del Monte (Madrid)
www.grupo-sm.com

CENTRO INTEGRAL DE ATENCIÓN AL CLIENTE
Tel.: 902 12 13 23
Fax: 902 24 12 22
e-mail: clientes@grupo-sm.com

ISBN: 84-348-1287-8
Depósito legal: M-39.901-2006
Impreso en España / *Printed in Spain*
Huertas Industrias Gráficas, SA

EL BARCO  DE VAPOR

El muñeco de don Bepo

Carmen Vázquez-Vigo

Premio Lazarillo 1973
Premio Nacional de Literatura Infantil 1992

Ilustraciones de Arcadio Lobato

DON BEPO
era ventrílocuo.
Esto quiere decir
que sabía hablar
como si su voz saliera
de la boca
de su muñeco Ruperto.
Juntos habían recorrido
los escenarios
de todo el mundo.
Trabajaban
vestidos exactamente igual:
chaqueta negra,
pantalones a cuadros,
bufanda blanca y,
en la cabeza,
un bombín.

Don Bepo
sentaba en sus rodillas
a Ruperto,
que era
casi
tan grande como él.
Y el muñeco decía
unas cosas tan divertidas
que la gente
se moría de risa.

EN una ocasión,
de tanto reír,
a un señor se le escapó
el peluquín.
Y a una niña
se le olvidó
que tenía un helado
en la mano.
Al señor
le pusieron el peluquín
en su sitio
durante el descanso.

A la niña
se le llenó el vestido
de churretes de crema
y su mamá se lo limpió
con un pañuelo.

Siempre,
al final del espectáculo,
sonaban grandes aplausos.
Don Bepo y Ruperto
saludaban muy finos.
A veces,
hasta les tiraban flores.

UN DÍA
don Bepo se miró al espejo.
La barba
se le había puesto blanca
y en la cabeza
no le quedaba
ni un pelo.
—¡Vaya! —exclamó—.
Me he hecho viejo
sin darme cuenta
y sin descansar un solo día.
Y pensó que ya era hora
de tomarse unas vacaciones.

Metió a Ruperto
en la maleta,
donde el muñeco
viajaba siempre,
y se marchó con él
a la casita
que tenía en su pueblo.

LLEGARON al atardecer.
Don Bepo
guardó su traje de trabajo
en un baúl,
suspirando
con un poquito de pena.

LUEGO,
se puso
unos pantalones anchos,
una camisa
a rayas amarillas y azules
y un gran sombrero de paja.
Y salió a dar una vuelta
por la huerta
que rodeaba la casa.
Allí
le esperaba
una desagradable sorpresa.

Los gorriones
habían picoteado
los tomates y las sandías.
Y se comerían también,
si no hacía algo
para impedirlo,
las manzanas
que ya empezaban
a pintarse de rojo.
Y los guisantes
que ya abultaban
dentro de sus vainas.

DON BEPO sacó al muñeco
de la maleta
y le dijo:
—Ruperto,
desde ahora
tendrás un nuevo empleo.
Servirás de espantapájaros.
Y lo plantó
en medio de la huerta
antes de irse a dormir.

EL muñeco
estaba furioso.
—¡Hacerme esto a mí!
—se lamentaba—.
¡A un artista famoso como yo!
«Chusco»,
el perro
de la casa de al lado,
se acercó a olisquearlo.

LADRÓ alegremente
para demostrarle
que quería ser su amigo.
—¡Fuera, chucho!
—gritó Ruperto
de mal genio.

EN seguida se preguntó
qué olor sería ése
que llegaba a sus narices.
Era la primera vez
que iba al campo
y no estaba enterado
de lo que había allí.
Una voz amable dijo:

—Repollo.

—¿Qué?

—Digo que ese olor
es de repollo.
Hay muchos
plantados en la huerta.

LA que hablaba
era una mujer baja,
gordita,
con falda floreada,
delantal, zuecos,
y una corona
de hojas de alcachofa
sobre su pelo oscuro.
En la mano
llevaba
una lustrosa zanahoria.

—¿Quién eres tú?
—preguntó el muñeco.
—El hada Verdurina.
Ruperto
soltó una risa burlona.
—Yo creía
que las hadas eran rubias
y esbeltas
y que llevaban vestidos
de seda bordada.

—Ésas son
las que viven en castillos
y se tratan
con reyes y princesas.
Yo soy un hada campesina
—contestó ella modestamente.

—¿Y dónde está
tu varita mágica,
si es que la tienes?
Verdurina
enarboló la zanahoria.
—Aquí.
Ruperto,
que esa noche estaba
de lo más antipático,
dijo:
—¡Las zanahorias
sirven
para hacer guisos,
no encantamientos!

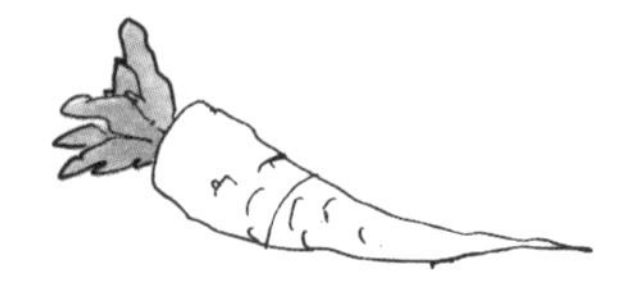

—Ésta sirve
para muchas más cosas.
—¿De veras?
—preguntó el muñeco,
desconfiado.
—Gracias a su mágico poder,
las fresas
se llenan de zumo,
los árboles
crecen hasta rozar las nubes,
y las calabazas
se hacen tan grandes
que podrían
llevar al palacio a Cenicienta
con toda su familia.

UNA idea se encendió,
como una bengala,
en la cabeza de Ruperto.

—¿Y tiene, también, poder
para que mis piernas
se muevan?
Quiero marcharme.

Verdurina
hizo un gesto de extrañeza.

—¿Por qué?

—No me gusta este lugar.

—Si miraras a tu alrededor...
—dijo el hada suavemente.

Ruperto
se caló el sombrero
hasta la nariz
y replicó desdeñoso:
—¡Para lo que hay que ver
aquí,
prefiero no ver nada!

EN esto
se oyó un chistido
y una voz colérica:
—¡Eh! ¡Dejadme dormir!
El hada explicó, bajito:
—Es el caracol.
Lo hemos despertado
con nuestra charla.

—Pues haz lo que te pido
y no hablemos más.
Verdurina
se echó atrás
la corona
de hojas de alcachofa
y se alisó el flequillo.
Pensaba.
—Está bien.
Aunque si me escucharas...
—Date prisa,
que volverá a enfadarse
el caracol.

EL hada tocó
con la zanahoria mágica
el hombro de Ruperto,
murmurando unas palabras
que sonaban
a idioma extranjero.

EL muñeco
dio un brinco
para probar
su nueva habilidad.
Y, sin pararse
siquiera
a dar las gracias,
se puso el sombrero
en su sitio
y se alejó,
bailando de contento.

Tomó una carretera
que se extendía
ante él
como una raya
trazada con tiza blanca.

Tan ocupado estaba
pensando
que tenía el mundo
a su alcance,
que no vio un camión
que venía
en dirección contraria.
Por suerte
saltó
justo a tiempo de impedir
que lo convirtiera
en puré de muñeco.

—¡Vaya!
—se dijo—.
De ahora en adelante
tendré que andar
con más cuidado.

YA era de día
cuando llegó
a una gran ciudad.
La conocía,
pues una vez
había trabajado allí
con don Bepo.
—Me reconocerán,
me ofrecerán
un magnífico contrato.
Y volveré a ser famoso
—se hizo ilusiones Ruperto.

Pero
nadie se fijaba en él.
Nadie
levantaba la mirada
del suelo
para sonreír
o saludar
a los que pasaban.
Todos seguían su camino
deprisa
y con expresión preocupada.

Las calles
estaban llenas de coches,
autobuses,
motocicletas.
Hacían un ruido infernal
y soltaban humo negro
y espeso.

Ruperto lagrimeaba,
tosía.
No,
ese sitio
tampoco le gustaba.

ECHÓ a andar
hacia las afueras
de la ciudad.
Una señora
que barría el portal
de su casa
le preguntó:
—¿Qué es lo que vende,
joven?

—¿Yo?
Na... na... nada
—contestó tartamudeando.
—¡Ah!
Como parece
uno de esos que salen
en los anuncios de la tele...

RUPERTO, azarado,
apretó el paso
hasta llegar a una granja
que le pareció
bastante pacífica.

Las gallinas escarbaban
buscando
algún bocado sabroso
para sus pollitos.

Los gansos se contoneaban
igual que si bailaran
al son
de una música
que sólo ellos oían.

Pero la paz duró poco.
Un par de perrazos guardianes
se abalanzaron
hacia el intruso.
Ruperto
consiguió librarse
del ataque
a duras penas,
y escapó
con la ropa hecha jirones
y perdiendo su bombín.

CORRIÓ tanto
que, al rato,
tuvo que tumbarse
para descansar.
Cerró los ojos.
Una siesta
no le vendría nada mal.

POCO después
sintió
que unos deditos
recorrían su cara,
sus manos,
sus pies.
—¿Ves?
No es un hombre.
—No. Es un muñeco.
—Ya te lo había dicho.
—¡Podríamos hacer
una hoguera estupenda
con él!

Los dos niños
que lo habían descubierto
se fueron a buscar leña.
Y se les pusieron
los pelos de punta
al ver
que Ruperto se levantaba
y salía disparado.

DESPUÉS
de atravesar una pradera,
un bosque
y un arroyo,
el muñeco
se dejó caer al suelo,
con los ojos cerrados.
No sabía dónde estaba.
Le daba igual.
Ya no podía
dar un paso más.

Al cabo de un momento
sintió
un morro peludo
haciéndole cosquillas
en las orejas.
Y oyó un ladrido alegre,
como un saludo de bienvenida.

RUPERTO abrió un ojo,
mientras reconocía
un olor familiar.
¡Repollo,
a eso olía!
Abrió el otro ojo.
¡Estaba en la huerta
de don Bepo
y tenía a «Chusco» a su lado!

Y VIO
lo que no había querido
ver antes:
Los gorriones
que jugaban
a perseguirse entre las matas
de guisantes.

Las fresas
que ofrecían
su pulpa dulce y jugosa.
Las nubes
que se disfrazaban
de barco velero
o de castillo
con siete torres.

DON BEPO
salió de la casa
y fue hacia él.
—¡Vaya, amigo!
¿Te has caído?
—le dijo—.
¡Cómo te has puesto la ropa!
Quizá
no has podido dormir
en toda la noche,
como yo.

¿Y sabes
qué estuve pensando?
Que no me he vuelto viejo,
sino perezoso.
¡Volveremos a trabajar!
¡Esta misma tarde
daremos una función
para los chicos del pueblo!
¡Y llevarás mi traje!

FUE
un día de los mejores.
El público rió y palmoteó
con más estusiasmo
que ningún otro día,
porque
nunca habían visto
a dos artistas tan buenos
como don Bepo
y su muñeco.

SENTADA en tercera fila,
Ruperto vio a Verdurina.
El hada guiñaba un ojo,
al tiempo que pegaba un bocado
a su zanahoria
que lo podía todo.

Hasta hacer feliz
a un muñeco de ventrílocuo.